A musa diluída

A musa diluída

HENRIQUE RODRIGUES

EDITORA RECORD
RIO DE JANEIRO • SÃO PAULO

2006

CIP-Brasil. Catalogação-na-fonte
Sindicato Nacional dos Editores de Livros, RJ

R613m Rodrigues, Henrique
A musa diluída / Henrique Rodrigues.
– Rio de Janeiro : Record, 2006.

ISBN 85-01-07607-4

1. Poesia brasileira. I. Título.

CDD 869.91
06-3856 CDU 821.134.3(81)-1

Projeto gráfico: Regina Ferraz

Direitos exclusivos desta edição adquiridos pela
EDITORA RECORD LTDA.
Rua Argentina 171 – Rio de Janeiro, RJ – 20921-380 – Tel. 2585-2000

Impresso no Brasil

ISBN 85-01-07607-4

PEDIDOS PELO REEMBOLSO POSTAL
Caixa Postal 23.052
Rio de Janeiro, RJ – 20922-970

EDITORA AFILIADA

"Assim a água, por seus reflexos, duplica o mundo, duplica as coisas. Duplica também o sonhador, não simplesmente como uma vã imagem, mas envolvendo-o numa nova experiência onírica."

Gaston Bachelard (*A água e os sonhos*)

Sumário

NA SIMETRIA DO ESPELHO

NAS CLEPSIDRAS

NA SUBSTÂNCIA

NA SIMETRIA DO ESPELHO

ARMA VIRUMQUE CANO

I.

Decidi não cantar nem fuzis AR-15
Ou varões dignos de nota
Como posso escolher, e aqui a escolha é minha,
Troco as armas pelos braços

Os mesmos braços com que aprendi cedo a dar adeus
E a me despedir de tudo que viesse a carregar

Não sei dar cambalhotas pelos bares, nem
Me despir (de corpo) em praça pública
Ou cometer números eqüestres da
Performance-é-atitude-meu-bom
(Perguntei se performance leva acento
e me chamaram de purista)

II.

Sim, eu faço versos como quem vive
                                        Gota
                                            a
                                        Gota
Porque só há morte fora do verso

Há morte nas searas,
Nos olhos que lêem a morte nos jornais,
E que depois têm medo de olhar para o lado
E ver o mesmo olhar

Uso os braços para escrever e para dar adeus
E vice-verso. Mas posso também estar chamando
Pelo olhar do verso. E a ti restaria buscar
Não redenção, mas um sentimento irrequieto
De quem procura uma fonte na perplexidade das
[ruínas

III.

Eu canto os meus contemporâneos
Solitários peterpânicos
Vanguardistas natimortos
Labirínticos do desfio
Gagos
          gagos
                    gagos
                              Sísifos
               Sísifos
Sísifos
Reinventamos a roda com espelhos
Para facilitar na descida

Porque nos legislaram "Vomitai!"
Mas não nos deram comida alguma

IV.

Lanço amostras grátis
Mas sem compromisso, freguesa
(Ai, uma geração de amostras grátis...)

Rebuliçamos, nas madrugagens, atristonhados
Vejo meus companheiros,
Estão todos taciturnos, ainda.
Contudo, desesperançados

V.

(Uma praia lotada de pessoas no verão, e por isso mesmo com o aspecto de deserta. Urubus sobrevoam o local, encobrindo alternadamente a luz, que já descia naturalmente fosca, como num sonho. O poeta hesita entre andar em círculos pela areia acinzentada ou correr para as ondas em busca de infinito)

– Manhê, perdi a perspectiva!
– Guardei em cima do horizonte, ao lado do sol.

– Num tô achando!
– Você nunca acha nada, é que nem teu pai.

VI.

Eu canto o que há, mas canto
Pelo que poderia haver, e o que julgo
Ter havido. Entretanto
Não há mais fonte segura:
Somos de esquecer as coisas

Por isso da sintaxe lusitana já vencemos a saudade

Penso que sinto que sonho que minto o que escrevo
Foi o que me ensinaram, ora bolas. O resto
Tive que desaprender, e continuo

VII.

Evoco a Musa e... onde a musa?
Só vejo um papel-tela em branco
A musa diluiu-se, livre e rarefeita,
Agora pode ser bebida em tudo

Há musa pelos bares, pelos rios, pelas poças
Há musa nas garrafas que são como moças
[recém-chegadas

Há musa na sujeira das coisas sem nexo ou beleza
Há musa no sexo, nos sexos e nos oceanos
Há musa nas multidões e os seus silêncios
Há musa escondida nos esbarrões
Das solidões lacustres, sem alabastros nem balaústres

Quase toda a rua
É triste. Felicidade
Mora nas esquinas

Há musa nas palavras esquecidas: acordemos.
Há musa correndo em nossas veias – é nossa herança
Há musa, preservada, florescendo

A musa que repousa levemente nos teus olhos

LIMITE

Posso dominar o verso, não a vida,
Que não cabe em laço, ou pode ser medida.

Há uma certa complacência nisso tudo,
Porque o verso pode estar assim, desnudo,

Para que eu o vista com o que me convenha.
Já a vida, esguia, não pede contra-senha

Que a revele. Está sempre por ser coberta
Com os véus do livre-arbítrio. E por ser incerta

É que a vida escorre aqui nesta ampulheta
Dos versos, halo tão-somente faceta

Que permite termos algo em nossas mãos.
Não sei toda a lavoura, deixo-te os grãos.

TAL QUAL

Quase tudo se assemelha.
No passado é que se espelha
O que se mostra atual.

Como que numa ciranda,
Só girando o mundo anda
No silêncio atemporal.

Tudo sempre se repete
Na mesmice que reflete
O que foi inaugural.

A repetição do dia,
Que se mata e se inicia
Quando chega no final.

Desse modo é que eu me imito,
Paro, volto e me repito,
Depois faço tudo igual.

Com um jeito de moinho
A girar devagarinho
Nessa vida tão tal qual.

GAZAL PARA BANDEIRA

"Poeta, pai, áspero irmão."
Vinicius de Moraes

Vê, Bandeira, eu também fiz
Um gazal. Não ao Hafiz,

Mas a ti, que dizes versos
Como só um gigante diz.

Doente, foste privado
Dos amores juvenis;

Disseste: "Vou pra Pasárgada,
Aqui eu não sou feliz."

Quiseste uma estrela alta
E fria, que a ti não quis.

Mas na obra que deixaste
Habitam paixões sutis,

Mais eternas que as estrelas.
Nela, Bandeira, sorris.

A partir de "Gazal em louvor de Hafiz",
de Manuel Bandeira.

CONTRACORRENTE

Digo a todos aqueles que aqui vêm
Nos acusar de não ter compromisso
Em rupturas – de outrora tão na moda,
Tal como a condição *sine qua non* –,

Que ao ver o barco na terceira margem
Do rio de correntes duvidosas,
Somando ao parco remo que deixaram,
Dizendo "toma aí, ó geração",

Não resta muito, apenas o desejo,
Por mínimo que seja, de ruir
Com essa própria idéia de ruir.

Deixaram-nos um chão não fragmentado,
Mas destruído em pulverização.
Não venham nos culpar do sobrenado.

SONETILHO DUVIDOSO

Qual a distância que existe
Entre este poeminha aqui,
Você que está lendo aí
E o poeta, de alma em riste?

Caso saiba, em que consiste
O tempo do que escrevi
E o quando que fiz surgir
Na página que persiste?

Pergunto porque não sei.
Ou sei, e no entanto minto?
Pensava saber, e errei?

As dúvidas do que sinto
Passo a você. Não deixei
Todos nós num labirinto?

O CAMINHO PARA A DISTÂNCIA

Pensava que ao seguir por um espaço
Chegasse a algum lugar. No entanto, quando,
De súbito, notei que não perfaço
Um grande campo, embora sempre estando

A produzir pegadas, passo a passo,
E a respirar da estrada um ar nefando
De peso, de silêncio e de cansaço.
Mas sigo. (Agora mesmo estou andando:

Este poema é mais uma pegada
Impressa sobre um palmo de vereda.)
Assim, tento atingir uma alvorada

Que nunca vire noite, e me conceda
A luz que vejo ao longe. (E estou mais perto,
Porque dei mais um passo no deserto.)

SÚBITA

viver é hoje, tão prosaico
e em prosa tudo segue, lento
mas eis que de repente irrompe
uma idéia simples, você

tão pequenina pulsação
fruto brotado nesta folha
vela e revela, mostra e guarda
o que está além da prosa, em verso

NAS CLEPSIDRAS

SEXTINA

Ao menos se esticasse um pouco o tempo,
Um dia não se fosse em uma hora,
Veria um certo tempo que não vejo.
Não por manter cerrados os meus olhos,
Mas por deixar que ouçam o velho canto
Das horas limitadas pelo espaço.

Cruel limite: já não pode o espaço
– Nunca pôde – se erguer diante do tempo.
O resto que se esprema pelo canto
E ao centro uma batalha hora a hora
Do rio, que a correr diante dos olhos,
Parece afogar tudo enquanto vejo.

Mas sei que quanto mais de tudo eu vejo
Mais posso caminhar no meu espaço,
Bastando que se eduquem os próprios olhos
Deixando-os olhar, de tempo em tempo,
Todos os lados de uma mesma hora,
E não somente vê-la de um só canto.

Não fica harmonizado como um canto
O que não há silêncio (o qual não vejo),
E passa pelo tempo a qualquer hora.
Quiçá seja o silêncio lá do espaço

O vácuo que não sente o nosso tempo
Por não tê-lo a vazar os próprios olhos.

E o que será que vêem nossos olhos?
Como dizer, cantando como eu canto,
Em avanço e em evasão ao mesmo tempo?
Se falo aos olhos, ouço, e assim mais vejo
Do que veria dentro de um espaço
Olhando e nada vendo a toda hora.

E penso mais: que enfim chegou a hora
De eu alternar o foco dos meus olhos
Em tudo o que há de belo neste espaço.
De ver em cada lado e em cada canto,
Ouvir o que não ouço e o que não vejo,
Enquanto houver espaço e restar tempo.

Que seja todo o tempo uma só hora,
Pois vejo muito mais se fecho os olhos
E guardo a vida a um canto sem espaço.

AS SOMBRAS DAS ÁRVORES

Surge um grande mistério sob as árvores.
É um outono singular. Vêm as musas
Soprar frutos estéreis que nos cubram
De sensação viril de liberdade.

Contudo, apenas sensação, não ela.
A liberdade em si, não-material,
Como sugere a sombra destas árvores,
Não há, sequer numa sutil idéia
De que existe algum descanso da imagem
E do que ela tem por trás e por dentro.

Caiam as folhas, que o farfalhar é
Uma proposição tão invisível
Quanto isto que há na sombra destas sombras.
Não vejo, e creio firme em suas raízes.

LUGAR

viver se faz em si – própria poeira
dispersa esfarelada no seu onde
refeita de uma cinza derradeira

é antes no seu quando que se esconde
memória desdobrada em peça inteira
viver é ser? pergunta que responde

tão falsa que a sentimos verdadeira
viver não está no fundo, mas na beira

NOITE BRANCA

a noite é uma coisa artificialmente
construída. Pois nega até o seu lastro
e mente, sobretudo quando se
cerca de vestimentas longas – frágeis

porém – de opacidade. Eles são sós,
todos os dias sós, na expectativa
de ver voltar seu largo oposto,
e então ceder as horas não usadas

para aguardar retorno. A noite escura
é falsa. Mente, omite-se do que
vem a ser de verdade. A real noite

(ao menos a que penso ser real)
é essa noite branca sobre a qual
vou me redesenhando sempre em sonho

RONDÓ DA MEIA-LUA

Eu olho esta meia-lua
igual a quem se reparte.
E digo ao céu: "Quero dar-te
o que te complete e flua:
Minha metade na tua."
E então, como num aparte,
a lua cresce com arte,
e quanto maior, mais nua
vai ficando, então flutua
por sobre todo o descarte
que a vida me impõe, e parte
sumindo no fim da rua,
tão cheia que me tatua
com a sua luz de estandarte.
"Amanhã hei de esperar-te
para que assim te possua
mais uma vez, meia-lua."

SONETO DERRAMADO

O que restou de nós não cabe em verso.
Mas pode ser guardado num navio
Em seu porão, no canto mais sombrio,
Para em seguida naufragar. Submerso,

O que restou de nós é quase o inverso
De um tesouro, que cabe num vazio
E invisível baú. Restou um frio
Silêncio do tamanho do universo.

O que restou de nós é tão-somente
O céu: imenso que não se comporta,
Tão distante que já não nos pressente.

Nem eu mais sinto, e vejo, de alma morta,
Que o céu choroso em lágrima derrama
O que restou de nós sobre esta cama.

UM CÉU DE ESPELHOS

os reflexos pelo teto
são bem mais que os nossos corpos
pulsam vivos como espectros
independem do cansaço
repleto da suavidade
que deitamos sobre a cama

e por mais que nós, narcisos,
busquemos o regozijo
– regalo prostrado em gozo –,
naquela constelação,
aqueles dois, pelo céu,
irão a terras longínquas

vão persistir, levemente,
no encaixe manso das conchas
criando o seu próprio eclipse

TEMPO

O tempo voa e morre a cada instante.
De tudo o que aparenta eternidade
Nem o passado fica, na verdade,
E o agora é só um segundo já distante.

Futuro é nada mais do que o presente
Que aguarda numa fila, e se suicida.
A vida que virá já é coisa ida
Enquanto a que se foi faz a nascente.

O instante, que se mata e vai embora,
Em noite se transforma como o dia.
Momentos se sepultam a toda hora

Mostrando uma verdade que dizia
Que a morte não existe – existe o medo
De a noite revelar-se ainda mais cedo.

ESTAÇÕES

Faz muito tempo, moça, que você
Deixou de fazer parte da paisagem.
E às vezes, de repente, a sua imagem
Me vem do nada, parecendo ser

Real. Nada mudou. Meus olhos agem
Da mesma forma: acabo sem saber
Se a imagem vem de alguém que se quer ver
Ou vem do meu deserto, igual miragem.

De fato, você sempre me dizia
Que o seu outono é a minha primavera.
Mas olha, as estações não são distantes:

Estou no outono, e há flores no seu dia.
Mas quando chego perto (quem me dera)
A sua imagem some, tal como antes.

ELEGIA PENUMBROSA

Porque hoje é um dia que chora
A si mesmo, por ser dia,
Como um sol que se deflora
No que contém de alegria.

Também eu sigo com ele
Chorando por este dia,
Pois sinto na própria pele
O gosto da ausência fria

Que é ver tudo com tristeza.
Embora esteja a alegria
Ao lado – do outro a beleza.
Mas ambas, de face esguia,

Parecem estar bem no fundo
Do lago claro do dia.
E eu, temendo esse mundo,
Escondo-me, à revelia

Do que se mostre mais claro,
Além da calma sombria.
E o preço é este desamparo
Tão ermo da calmaria.

Eu choro porque separo
Você e o sol do meu dia.

COMPUTADOR

Escorre, pelos quatro cantos, o teu nome.
É cedo, é tarde, é noite aqui nesta janela
Onde uma encenação do tempo me consome.

Não tenho sono ou fome. Porém toda a tela

Verteu-se num negrume sobre a minha mente,
E ao breu que lentamente vem ganhar volume
Irrompem vaga-lumes: solidão presente

Tão singular e tão plural,
                                    feito um cardume.

CALIGRAFIAS

Deixava-lhe bilhetes com propostas
Nas folhas de um papel meio amassado.
Depois de um tempo, em sonho consumado,
Relíamos o tom das suas respostas:

Nós dois, corpos e almas sobrepostas,
Com folha e lápis postos lado a lado,
Eu te escrevia em ritmo sussurrado;
Você, com as unhas pelas minhas costas,

Deixava os seus recados em rabiscos.
E assim era inventada a nossa imprensa
Enquanto partilhávamos os riscos.

Ao ler no meu caderno esta sentença
De páginas com a sua caligrafia
Escrevo agora o que antes não escrevia.

NA SUBSTÂNCIA

IMAGEM

Polido plano plástico que espelha,
No ocaso o lago é um quadro azul perplexo.
Alterna-se entre o côncavo e o convexo,
Enquanto no céu surge uma centelha,

Um pingo alvo de luz, que se assemelha
A um diamante longínquo e desconexo.
E completando o mundo do reflexo
O sol vira uma lágrima vermelha.

A noite negra e nua não nivela
O quadro. Permanecem na aquarela
Os tons de distração e sonho incríveis.

Na madrugada, as solidões cromáticas
Sibilam sob as sombras sorumbáticas:
Às vezes vazam vozes invisíveis.

BARCAROLA

"Navigare necesse;
vivere non est necesse."
Pompeu

Durante a neblina cega
No leito da noite fria
O navegante carrega
Todo o cansaço do dia.
Caminhar não poderia...
Mas ainda assim navega.

E vai seguindo a corrente
E ao silêncio se apega.
A água lhe é transparente
Malgrado a neblina cega,
Que tudo visível nega
A toda visão silente.

A chuva o seu barco rega
e assaz cai na correnteza.
O navegante carrega
Além da sua leveza
O peso da natureza...
Mas ainda assim navega.

TRÊS DERIVAS

I – O mar e o céu

Enquanto afundo, tudo é leve e denso.
Na superfície jaz cada lembrança,
E surge uma memória nova: dança
Em tom suave a cada vez que penso.

Enquanto afundo, sinto-me suspenso
Nos braços d'água, feito uma criança
Que aceita a novidade e não se cansa,
Vulcão que queima sob o mar imenso.

Enquanto afundo, o barco é já distante
Escombro. Sobrevôo nos ilhéus,
Nas ondas da maré de lua minguante.

Pareço ser um deus vindo dos céus
A todos seres deste estranho mundo.
Tal anjo, desço à terra enquanto afundo.

II – O outro

Meu barco em pleno mar parou um dia,
Num tempo de maré muito agitada.
E vi a sua proa iluminada,
Enquanto, lá na popa, anoitecia.

Sentado eu a bombordo, também via
Em duas minha imagem separada.
Havia na direita a gargalhada;
Do outro lado, só melancolia.

Daquilo então ficou-me uma certeza:
O riso é o irmão gêmeo da tristeza,
Um lado que outro sempre complementa.

No mar, se o lado esquerdo sofre e falha,
Um outro toma o leme e então gargalha,
Pois navegar sozinho nenhum tenta.

III – A não-tormenta

Para o meu pai

E novamente vejo o mar parado.
As ondas se deitaram. O próprio vento,
Que outrora me ofertava movimento,
Parece que dormiu de tão cansado.

Ao norte nada, e em seu oposto lado
Lembranças, que sussurram num alento,
No oeste um sol se põe, já sonolento,
Do leste surge um céu revigorado:

É noite grande. Cada estrela é um marco
De quem pôs resistência em naufragar.
E assim, com cada braço faço um arco.

Sem ver para onde vou, passo a remar.
Não sei quanto de mim constrói o barco,
Nem sei quanto de mim preenche o mar.

A SOLIDÃO DO LAGO

É este o lago. Sonho de lago é ser mar.
Sabe do difícil, resta-lhe então sonhar
Secar em deserto e caminhar pelos ares.
Não chega. O lago quer ter todos os pomares
Que lhe devolvam frutos, dialoguem folhas.
Porém o lago não teria mais as bolhas.
(Elas lhe dão a sensação feliz de estrelas:
só quem vive dentro do lago pode vê-las.)
Daí, caso ele acate a condição de solo
Terá a limitação da superfície, um dolo
Para quem se acostumou a ser mergulhado.
Sente que o preço do mergulho é este enfado.
E o lago se distrai por fim sonhando um rio
Que sempre vive – mesmo quando está vazio.

O CURSO DO GUANDU

> *"Niño,*
> *¡Que te vas a caer al río!*
>
> *En lo hondo hay una rosa*
> *Y en la rosa hay otro río."*
>
> Federico García Lorca

Nasci de um rio como todas as pessoas,
Depois cresci pescando em outro: águas barrentas.
Corria como um tipo de parede opaca,
No alerta cerceador: "Aqui não nadarás!"

Nem eu nem meu irmão nadávamos, o rio
Apenas nos permitia a pesca ensinada
Por nosso pai do mesmo jeito que aprendera,
Quando aquelas águas já se mostravam turvas.

E ali ficávamos horas a linha, fios
Mergulhados no breu quieto, talvez piscoso.
O rio não mudou: é o mesmo, e nós os mesmos

Que pescavam sem ver o fundo – e alguém já viu?
Não o atravessaremos na segunda vez.
Morremos rio, como todas as pessoas.

MENOS QUE A CHUVA

Torrencialmente, um deserto
Desaba ao som de trovões.
Não molha tudo o que toca
Mas seca tudo o que pensa.
A areia, essa antimatéria
Untada em forma de vidro,
Simula, toda translúcida
– um vidro, feito olhos falsos?
Lá fora a calha responde
Apenas deixa passar.
O jarro pensa que colhe
Aquilo que jorra, e planta.

Saliva engolida a seco
Vertendo aridez nos poros.
Saio nas poças da chuva
Banhadas de uma poeira,
Lembrando, como quem salva,
O gosto da sua boca.

MERGULHO

em algo que não entendo, algo que nos impele
e que nos mescla, feito a chuva sobre o mar.
Tão clara e viva e indefinível, a sua pele

lúcida chama, sereia-me a decifrar
a líquida matéria que me cerca, a tal
presença úmida que tudo invade – e já

me tem mais uma vez planando no abissal
mistério do seu corpo, que vem me aquecer
e envolve e queima. E é você, sou eu, igual

a uma só coisa, inominada, um novo ser
criado de um estrondo – e que consome as ruas,
os bairros, todas as cidades – e é você

a fonte fluida onde nasço e morro e transponho
livre e vivo, enfim. Deito as minhas mãos nas suas
e finjo dormir para nadar você em sonho.

MORRER NO GRUMARI, ÚLTIMA DAS PRAIAS

Não é à terra para onde voltamos,
Ao barro, ao pó, à lápide,
Tampouco a uma lembrança
Mal compreendida pelo coração.

Antes, o que se busca é abstração
Aquosa e clara, sem a qual
Não haveria a imensidão do litoral:
Fundamental é o mar que respiramos.

PERDER VOCÊ

água *gauche*
acha a mágoa
mancha em guache

DEGELO

Lembrar: você chovia
Em mim, tal como aquelas
Paredes que desabam
Nas solidões antárticas.

Porém, sequer notava
Que cada gota sua
Subia os nossos níveis,
Sendo eu também oceano.

E sem perceber ambos
Deixamos que sumissem
Limites das paredes
E as areias das praias.

OS ELEMENTOS

no teu silêncio
não me comporto
derramo os olhos

na tua terra
nossa erosão

vou infiltrando
sutil riacho
que atinge o magma

respingo em lágrima
pela fusão

a cada vez
que te descubro
eu já me cubro

do teu de dentro
rubro vulcão

LIMPEZA

tirar da vida o cerne
manchar-se de clareza
sujar o limpo e belo

das mãos uma só fonte
da mente uma vertigem
da lama como o sangue

que esguicha de uma luta
da terra com si úmido
morrer do barro à água

para depois volátil
e urdido ter-se limpo
pensamento visível

NAVIO PROVISÓRIO

Para Hugo e Renê

Tudo era pouco, mas havia a goiabeira do meio da
[roça.
E havíamos nós.

Meu irmão mais velho, meu primo e eu
Subíamos içados,
Cada um para o seu galho.

Proclamada navio, inventávamos,
E então ventava, o ar não tinha escolha.

Singrar. Mesmo sem saber dessa palavra,
A gente singrava.

Vivíamos do que se podia.
Algumas gaivotas vinham dar bicadas
Nos pescados de goiaba vermelha pendurados.
Naquele tempo, tinha o bastante para todos.

Bravia a água lá de baixo. Quem caísse
Seria tragado para sempre pelo infortúnio
E abandonado ao mar, já que o navio tinha que
[seguir.
Mas nenhum de nós caiu, nunca.

O mato cresceu muito. Aquele navio
Ficou inacessível para nós três.
E mesmo que se pudesse, tão pesados...

O navio foi o que teve que ser, a seu tempo.
Porque, leves que só, sequer notávamos
Que todo aquele verde era a corrente
Rumo ao nosso porto do futuro.

E hoje podemos, inclusive, plantar outros navios
Que venham embalar nossas crianças
Com aquele mesmo sonho que ventávamos.

VELADA

Somente uma gaivota
Dos céus consegue ver
Você deitada Atlântida.

No seco da flor d'água,
Calado, ao rés do chão,
Imagino os milênios

Presentes na sua cúpula.
Lanço a isca do mito,
Certo, e cego de sol.

GRITO SURDO

Para J.

Deita os olhos numa tarde,
Sonha o que há lá fora. Agora

Não se contam os minutos.
Somos pequenos e grandes.

Também não entendo, sabes?
Deram-me este fundo azul,

Talvez retrato do céu.
Por isso, deita os teus olhos.

E, se for preciso, grita.
Bem alto, porque ninguém

Talvez te ouça, pois as águas
Abafam todos os sons.

Ou filtram? Não sei, é sério.
Grita, grita mesmo assim

Pois não sabemos dos ecos:
Estou contigo no aquário.

A VIDA LIQUEFEITA

Quando pensarem em levar embora
A tua mínima essência, no argumento
Falso – mas sedutor – de que esta é a vida,
E não há escapatória nem caminhos,
Porque só resta macerar teu sonho,
E entregar dele o sumo, dize não.

E deixa que o teu pensamento escorra
Por sobre o próprio arauto – nota que ele
É também um ser de substância fluida
Pagando o mesmo preço que te impele.
Recusa, se puderes. E te eleva
Por sobre esse deserto do teu peito.

Logo perceberás com quem dialogas.
Ninguém senão a tua imagem dupla,
É teu outro, és tu mesmo te dizendo
Que tens um corpo feito só de lágrimas.
E é certo que concordarás no ato:
Difícil disputar consigo mesmo

E ter-se vencedor de uma peleja
Que nem chega a ser luta, só briguinha,
Se olhares bem mais solto dos teus vícios.
Esforça e sente. Lá no teu passado

Repousa uma lembrança duradoura
De aquosa e permanente liberdade.

Vitória é a luta feita no silêncio,
Como em teus nove meses de placenta.
Não lembras? Foi tão certo esse preparo
Que te deixou em branco para a vida.
Repara, ocultamente liquefeita,
É ela quem apura as tuas cores.

Escorre e, se possível, evapora
A cada passo dado no teu rumo.
Suando o corpo ri, então trabalha.
Merecerás o pão de cada dia.
E quando o amor banhar-te condensado
Celebra. E bebe a ti na mesma taça.

PULMÕES ABERTOS

Para Ana Marly

Em meu primeiro choro,
As lágrimas não escorreram pelo rosto.
Foram direto para o chão.

Caíra em armadilha, enforcado pelos pés.
Doeu mais perder as gotas íntimas.

Depois de todo um mundo,
As primeiras que soube minhas.

Mesmo sendo já múltipla fonte,
Hoje ainda recordo o ânimo original
Que irrigou a terra num instinto
Antes que pudesse pisá-la.

VAZANTE NO ARPOADOR

Três crianças brincam
Nas poças restantes.
Fingem morrer no seu adeus seguro
À revelia do mar imenso que se despede.

Muito antes das braçadas,
As crianças treinam seu medo.

Em algum tempo estarão aqui, sobre as rochas,
Flertando a segurança do arrebol

Mas já inerentes no receio de que aquelas ondas
Voltem a mordê-las
Contra a voracidade das areias.

Lentamente o sol se põe,
E a maresia dissolve as pedras das nossas horas.

LETES

e uma braçada a vida outra braçada
o esforço e outra braçada e mais outra
braçada e o sexo e o que nos cerca e o
fôlego e o amor e os outros e
o próximo e o cansaço
dos braços e o cansaço da
memória e a corrente
prende e puxa e mais uma braçada
e o céu e o fundo e os
olhos e todos os cheiros e o si
lêncio da boca ressequida
de verbo e ver
so e porosa de
saudade e uma
braçada e
ausência outra
braçada a culpa
de que mesmo e o
sono natural

porém o impulso
de te guardar em
nado peito
até uma
nova
praia

Este livro foi composto na tipologia Zine Sans, no corpo 12/15,5,
e impresso em papel off-white 90g/m²
no Sistema Cameron da Divisão Gráfica da Distribuidora Record.